추억

추억

김영성 시집

쏠트라인
SALTLINE

뜨거운 더위에 시달리다 9월에 들어서면서 갑자기 서늘한 가을이 성큼 다가오나 싶더니 완연한 가을로 접어들었다.

이번에 발간되는 시집은 인생의 가을에 도착해 추억의 숲을 거닐어보는 작업이었다고 말할 수 있다. 내용은 감정의 전달이나 의미를 부여하기보다 잊혀가는 옛 시절을 돌이켜 보고, 있는 그대로를 조명하는 데 중점을 두었다.

젊은이들은 경험해보지 못한 일이어서 이해하기 어렵고 공감도 잘 안 될 것이다. 그러나 50대 이후의 독자들은 이 내용을 읽고 기억이 어렴풋이나마 날 수 있겠고, 직접 경험한 분들은 고개가 끄덕여질 것이다.

그때는 생활이었지만 지금은 추억이 되어 잊혀가는 기억들을 골동품처럼 남기고 싶어 시의 형식으로 엮었다.

이 시집을 읽으면서 어른들은 각자의 추억의 숲길을, 젊은이들은 역사가 되어가는 길을 찬찬히 걸어보는 시간이 되었으면 한다.

2022년 가을
김영성

차
례

■ 시인의 말

제1부 ────────────────────────

제2부

제4부

풀빵

어머니가 장에 갔다 오시면
꼭 사 오시던 풀빵

동생들과 한 개씩 나눠 먹으면
그 맛 꿀맛이었지

어머니가 장에 가시면 우리는
오늘도 맛있는 풀빵 먹어 보겠구나
은근히 기대하였지

수업이 끝나고 학교 정문을 나서면
풀빵 장사가 정문 앞에서
연탄에 풀빵을 굽고 있었지

풀빵 고유의 단 냄새가
침샘을 자극하면

비 오는 날을 위해 아껴 두었던
열차 통학비 100원을 털어
풀빵 사서 주머니에 넣고

조근조근 아껴먹으며
십리 길 걸어 귀가했지

그 추억에 붕어빵 장사만 봐도
다시 먹고 싶은 풀빵의 추억

울보의 추억

천진난만天眞爛漫한 어린 시절
난 아버지만 따라다녔네

잠시 일보러 떨어져야 할 때도
그리도 울며 아버지 찾아다녔지

한때는 아버지와 함께 외출했는데
같이 있던 방에서 잠들어 있다가
밤이 되어 깨어보니 아버지가 보이지 않아

아버지를 부르며 1km가 넘는 산길을
울면서 울면서 집으로 가기도 했던
나는 대단한 울보였네

장난감이며 사탕을 사달라고
조르다 안 사주면 떼를 쓰고 울었네

그러면 여지없이 사 주셨던 아버지
우는 것으로 해결 방법을 찾았던 나

지금의 손주들 보면서 나를 돌이켜 보네
아버지의 사랑이 새삼 그리워지는 울보의 추억

고무신

어릴 적 주로 신었던 고무신
여름에는 땀이 차 불편하고

겨울에는 바닥이 미끄럽고
발이 시렸던 고무신

모양, 색깔, 무늬도 가지가지
검정색, 남색, 하얀색

갑자기 힘을 주면 찢어지기도 하고
나무나 돌부리에 걸려 찢어지기라도 하면

어머니의 꾸지람이 매서워
괜히 눈물이 났던 시절

찢어진 부분 헝겊 덧대어
바늘로 꿰매어 신고

신발 고치는 아저씨가 고무를 덧붙여
때워 신기도 했던 고무신

길가다 고무신 애지중지愛之重之
신발 벗어 손에 들고 다니기도 하고

어린애들 신발 벗어 웽! 웽!
자동차 놀이도 하였지

조금 큰애들은 고무신 벗어
발끝에 걸고 던지는 게임도 하던

고무신이 그리도 소중하고
장난감처럼 가지고 놀기도 하였던
시골의 유일한 신발 고무신

보리개떡

대야에 거친 보릿가루 밀가루 섞어 붓고
소금 소다 사카린saccharin 풀어 넣어
물 붓고 반죽해 놓고

주물 솥단지에 대나무 토막 넣어 물 부은 다음
그 위에 지푸라기 깔고
반죽을 커다란 공처럼 둥글게 만들어
넓적하게 펼쳐 지푸라기 위에 올려놓고

아궁이에 불 지피면
맛있는 보리개떡 만들어지네

다 익혀진 보리개떡
식칼로 네모지게 잘라
이웃집에도 돌리고 우리 식구도 먹었지

배고픈 시절 참 맛있었던
어머니의 손맛이 들어간
보리개떡, 그 맛 그리워라

지게질

내 나이 12살에 대나무와
새끼로 지게를 만들어 보았고
내 나이 13살에 지게질을
배우기 시작했네

지게를 사용使用하여
시골 일을 하던 시절
내 나이 열일곱에 상 지게꾼이 되어
칭찬노 많이 받았지

그때는 한창때라 힘들어도
하룻밤 자고 나면 회복되었고
다음날에 상일꾼으로
열심히 지게질을 하였네

퇴비도, 풀도, 땔나무도
내 등에서 놀았고

수확한 곡식들도
내 등에서 놀았네

짐의 균형이 맞지 않아
엎어져도 보고
무너져 내린 짐 다시 쌓아
짊어지기도 하였지

해진 지게 손수 수선하며
지게 사랑 열렬하였지만
고등학교 막바지 시절 이후
지게와 소원疏遠해졌네

지금도 내 등에는
지게 등자리가 닿은 부분에
지게질의 증표가 있다네
허리에 불뚝 나온 나의 등뼈

탈곡기

내 나이 열일곱 살에
탈곡기로 벼 타작
무던히도 많이 했었네

왱! 왱! 왱! 왱!
탈곡기 발판을 발로 힘차게
밟아서 나는 소리

이 소리 나면 왠지 몸이 바쁘게
움직여야 할 것 같은
숨넘어가는 소리

나름 기계화된 농기구라서
옆에서 거들어 주는 이가
바삐 움직여야 했네

탈곡기 옆에 쌓인 볏단
풀어 한 움큼씩 갈라주던 일꾼

정신없이 움직이다 보면 진땀이 나고

빠르게 뒤로 내던지는 볏짚
묶는 일꾼의 정신을 쏙 빼놓고
탈곡기 앞에 쌓이는 벼를 내리 저어
갈퀴질하기에 바쁘기만 했네

일이 끝나갈 무렵이면 누런 벼 낱알이
둥글게 큰 동산을 만들었지

지금은 박물관 골동품으로
보관되어 옛 자취로 남았지만
나의 청소년 시절의 탈곡기 소리
지금도 귀에 쟁쟁하네

발로 밟아 낱알을 떨어내는 농기계
벼 수확 탈곡기

도리깨질

뜨거운 햇볕 내리쬐는 마당에
널려진 콩대에서
콩알이 툭! 툭! 툭!
여기저기서 튀어나올 때

도리깨발 손질하여 물 축인 후
긴 수건 목에 걸고
도리깨질을 시작하네

휙! 딱! 휙! 딱!
경쾌한 리듬이 만들어지고
도리깨질 소리 마을 저 멀리
메아리쳐 울려 퍼지네

매서운 도리깨가 콩대를
무섭게 내리치면
노랑 알맹이 콩알들이

여기저기 땅바닥에 드러나고
콩 주머니 그 역할을 다할 때

도리깨질 멈추고
콩대 한쪽으로 치우고
바닥의 콩, 빗자루로 살살
콩깍지 쓸어버린 다음
손질한 콩 쓸어 자루에 담으면
도리깨도 일을 마쳤네

이마에 흐르는 땀방울
수건으로 닦아내고
애쓴 도리깨 손으로 접어
농기구 창고에 보관해 놓았네

지금도 마을 저 멀리서 들려올 것 같은
추억의 도리깨질 소리

참외 팔기

내 나이 열 여섯 살에
참외 팔러 다녔네

그때는 참외가 시골의 유일한
현금 수입원收入源이었던 터라
시골에서 너나 할 것 없이
참외농사를 지었네

여러 집에서 참외를 재배하다 보니
서로 정보교환도 하였네

참외는 처음 수확하는 것이
싱싱하고 맛도 좋고
수확하는 횟수가 늘어 갈수록
맛도 떨어지고 상품가치도 없었네

참외를 수확하면 샘물에 잘 씻어
정부미 포대에 담아 두었다가
새벽녘에 마을 앞 기차역까지
손수레나 지게로 옮겨서
새벽 다섯 시 반 도착 열차에 실어야 했네

무거운 참외포대 옮기는 것도 큰일이었고
열차에 싣는 일도 힘들었지
그때 역에 쌓인 참외포대
어찌나 많았던지 가관可觀이었네

완행열차에 실려진 참외포대
2시간 이상 달려 목적지에 도착하면
짐꾼들이 대기하고 있다가
공판장까지 옮겨 주었지

다행히도 공판장까지는 역에서
그리 멀지 않았네

공판장에 도착하자마자
내가 가지고 간 참외가
공판 때리기도 전에
상인들에게 잘도 팔렸네

내 참외가 좋아서인지
내 모습이 좋아서인지
그 당시 같이 갔던 어르신들
참 부러워하셨지

참외 매상賣上하고
귀중한 현금 수령하여
동네 어르신들과
맛있는 국밥 한 그릇 먹고

다시 열차를 타고
집으로 귀가 하였네

병들거나 상처난 참외는
배고픈 시절이라 버리지 않고
이웃끼리 나눠 먹었네

가끔 이런 참외 먹고 배탈이 나서
며칠을 고생하는 경우도 있었네
참외는 잘 먹어야 본전이라는 말처럼
잘못 먹으면 탈이 났지

동네 어르신들과 참외 팔러
다니던 어려운 시절
당시는 고통스러운 삶이었지만
지금 와서 생각해 보면
인생의 한 추억이었네

라디오 연속극

텔레비전이 없던 어린 시절
라디오가 유일한 낙이었네

그때 그 시절 낮이면
유명가수 노래도 듣고

늦은 저녁이면 잠자리에 들어
경청하던 라디오 연속극

사랑의 로맨틱한 대사에
성우의 성대 열연으로

아버지의 큰 웃음을 자아냈고
온 식구들 덩달아 웃음 짓던
라디오 연속극

들에서 일할 때 아낙네들
간밤에 연속극에 나오는

성우목소리 흉내 내어
한바탕 웃음들판 만들고

주인공을 칭찬하고
악당을 욕하면서

라디오 연속극에 빠져
고된 줄 몰랐던 일손

저녁이면 이불속에서
다 같이 듣던 인생 드라마
우리를 울고 웃겼던 라디오 연속극

군 입대

남자라면 누구나 이행해야 할
국가적 의무가 있네

나도 군 입대 대상 연령에 도달하자
신체검사 통지를 받고 신체검사를 받았네

신체검사에서 1등급 합격 등급을 받은 후
일정 기간이 지나
군 입대 소집을 통고 받았네

군대 소집에 응하는 전날
이웃으로부터 위로금도 받고
머리도 완전 삭발하였지

소집 열차 시간에 맞추기 위하여
역 근방 여관에서 하루를 묵고서
아침 일찍 일어나 준비를 하고

지정된 역으로 출발했네

역에 도착하여 소집통지서와
신분 확인한 후 열차에 승차했네

지정 칸에는 통제관이 있어
승차한 징집대상자를 안내하고
집단행동을 하도록 통제받았네

출발시간에 되자 열차는
서서히 움직여 훈련소로 이동하였지

열차의 움직임을 느끼며
긴장감이 감돌았고
마음이 착잡錯雜해지면서 무거워졌네
나는 이런 마음을 다독이며
마음을 굳게 먹었네

고향 역을 지날 때는
지나간 일들을 떠올리며
눈물도 흘렸다네

깜깜한 밤이 되어서야
훈련소에 도착했네

우리는 각 내부 반으로
안내되어 숙소에 묵고
며칠을 쉬면서 신체검사를 받았지

신체검사 결과 '합격'을
판정자의 말에 따라 복창하고
퇴장하여 숙소로 돌아왔네

다음날 전 인원 강당으로 집합시키면서

옷 담을 종이상자와
갈아입을 군복을 보급받았네

질서정연하게 줄을 선 다음
전체 입은 옷(사복)을 다 벗도록 명령받았네

방송에 따라 보급받은 군복을
팬티부터 차근차근 하나씩 입고
벗은 옷은 준비된 종이상자에 넣어 포장한 다음
수령할 주소를 적어 차례대로 반납하고
다시 숙소로 이동하였지

그렇게 나는 군대에 입대하였네
지금이야 지정된 훈련소로
각자 바로 가도록 하고 있지만

펜팔

이성에 대한 막연한 그리움
그리고 기대로
잡지 펜팔코너 즐겨보았네

답장 없는 메아리라도 좋았네
우체통에 넣는 순간
짜릿함과 설렘이 있었네

릴케 워즈워드 랭보…
외국 시인의 번역시집을 즐겨 읽고
편지에 베껴 쓰던 시절

지금 생각하면
뜻 없는 사랑의 갈구이며
부질없던 젊음의 몸부림

그때의 펜팔문화
지금의 채팅문화

그때 그 시절 편지쓰기는
모두가 당연시하던 소통수단이었네

한때의 유일한 편지 교환시절
뭇 이성과의 대화 수단이던 펜팔

지금의 젊은이들은 이해하지 못할
가슴 두근거리던
그 시절의 펜팔문화

군대 빠따

군대 내부의 기강 잡는다 해서
은밀히 행해지던 몽둥이 맞기

나의 군대 시절에는 몽둥이 맞기
일명 '빠따'가 있었네

여러 이유를 들어
단체로 맞는 줄 빠따

앞서 퍽! 퍽! 나가 엎어지며
아픔을 표현하는 방법도 가지가지

오징어처럼 몸을 뒤틀고
괴음소리에 고통의 슬픈 눈빛

그 아파하는 모습에 웃음도 나고

더욱 긴장되고 두려운 시간

막상 차례 되어서 엎드려
엉덩이 올려 세우고 대기

퍽!
엉덩이에 날카롭고 따가운
아픔이 잦아들고
온몸으로 퍼지는 고통

맞은 자리 얼얼하고 아프지만
맞고 지나갔다는 안도감이
나를 더 위로해 주었네

군대 빠따 때려도 보고
맞아도 보았지

지금도 겨울철 화장실
찬 변기에 앉으면

군대에서 맞았던 빠따가
생각나는 군대의 추억

홀태*

철재 머리빗처럼 뾰족한 홀태
날이 갈라진 사이로
볏단 한 움큼 펼쳐 넣고 힘껏 당기면
낱알이 우수수 떨어지는
벼 수확 농기구

홀태 옆에 볏단 쌓아 놓고
볏단 풀어 한 움큼씩 나누어
홀태 부리는 일꾼에게
건네주는 일꾼도 있었지

벼 낱알 떨어지고 볏짚 뒤로 버리면
뒤에서 짚단 묶는 일꾼도 있었지
홀태 앞에 떨어진 낱알 쌓이면
갈퀴로 검불 긁어내고
묶어진 짚단은 차곡차곡 쌓아

짚가리를 만들었지

싸인 낟알은 이엉으로 둥우리 만들어
마당에 쌓아 놓았다가 멍석에 널어 말리고
말려진 벼 낟알은 풍구에 넣어
쭉정이를 날려버리고

깨끗한 벼 낟알 가마니에 담아
정부 매상도 하고 정미소에 가져가서
방아 찧어 쌀로 시장에 팔거나
집으로 가져와 식량으로 사용하였지

마당에 쌓아 놓은 벼를
쥐들로부터 지키기 위해
개를 풀어놓기도 하였고
쥐약도 나라에서 배부해주고

쥐덫도 만들어 놓았으며
쥐잡기 운동도 했지

홀태 대신 얼마 안 있어
발로 밟는 탈곡기가 나왔지만
이제는 박물관에서나
볼 수 있는 홀태

*벼훑이의 사투리로 벼의 이삭을 훑어내는 농기구.

제2부

소꿉장난

깨어진 사금파리 주워다
흙을 채워 밥이라 하고
풀을 뜯어 반찬이라 하고서

한 상 가득 차려놓고
밥 먹어라!
소리 질러 모아 놓으면
얌! 얌! 맛있다!
소리로만 먹었지

조그마한 공간 선 그어
방이라 하고
누구는 아빠 되고
누구는 엄마 되고
누구는 애기 되고

어른들의 말 흉내 내어 되씹으며
아빠아이 아빠 말 따라하고
엄마아이 엄마 말 따라하고
아가아이 아가처럼 응석부리니

어른들의 일상을 흉내 내는 놀이었던가
미래의 어른 예행연습이었던가
지금도 어렴풋이 생각나는
소꿉장난의 추억

전쟁놀이

탕! 탕! 탕!
따! 따! 따! 따!
슈우……쿵!
입으로 하는 전쟁놀이

초등학교 시절
막대에 새끼 꼬아서 묶어
총이라고 어깨에 걸치고

동네 아이들 모아서 편을 나눈 뒤
이리 숨고 저리 숨어
신나는 전쟁놀이 벌어졌네

전후 세대여서일까?
유난히도 전쟁놀이를 많이 하였지
어디서 보고 배웠는지

은폐물에 잘도 찾아 숨어 있다가

적군이 나타나면 탕! 탕! 탕!
너 죽었어!
으! 아! 악! 악!
제스처gesture도 멋있게 쓰러지면

큰소리로 웃으며 팔짝팔짝 뛰던
재미나던 전쟁놀이
꿈에서도 탕! 탕! 탕!
신나던 전쟁놀이

전쟁의 비참함도 모르면서
전쟁을 연습하였네
흥으로만 알았던 전쟁놀이

연날리기

북풍이 몰아치던 추운 겨울
뒷동산에 올라가 연을 날렸네

대나무 가늘게 깎아 두고
창호지, 밀가루종이포대, 달력종이에

연 모양 가위로 재단하여
깎은 대살 요리조리 자리 잡아 놓고

붙일 종이 조그마하게 잘라 밥풀질하여
연 종이와 대살 위에 붙여 고정하고

튼튼한 끈으로 연을 이리저리 고정한 다음
마지막으로 꼬리를 붙여

방안 벽 못에 걸어 두었다가

붙여둔 자리 밥풀이 마르면

바느질하려 놓아둔 명주실 타래
몰래 훔쳐다, 연실로 사용했네

연 날리다 나무에 걸리고 찢기고
풀린 실타래 얽히고 설켜 떨어지니

속상한 일 한두 번 아니었어도
여러 번에 걸쳐 다시 연을 만들어 날렸네

겨울바람 추운 줄도 모르고
꿈을 날린 건지 연을 날린 건지

동네 축구

나 어릴 때 동네 축구
그 흔한 고무공 귀한 시절

짚으로 새끼 꼬아
뚤뚤 말아서 공을 만들고

동네 아이들 모아
편 갈라 하는 축구경기

공이 뛰지 않아도 좋고
잘 구르지 않아도 좋은

새끼 꼬아 만든 공
그저 이리 차고 저리 차고

넓지 않은 마을 뒷동산

동네 축구 경기장으로 안성맞춤

제대로 차보지도 못하고
따라만 다녔지만

그래도 마냥 즐겁기만 하던
어린 시절 동네 축구

칼싸움 놀이

어린 시절 큰 막대를
칼이라고 허리춤에 차고
무사 폼을 잡았다

동네 아이들 모아 편 가르고
무리 지어 하는 고대의 전쟁놀이

막대 칼이 몸에 닿으면
죽은 것으로 간주하였다

무리 지어 다니면서
상대편을 막대 칼로 찌르고

"너 죽었어" 소리치면서
크게 웃으며 좋아했지

아프게 맞고도 오기를 피우며
안 닿았다고 억지를 부리던 시절

칼싸움의 전쟁놀이
어린 한때의 추억이었네

활쏘기 놀이

어릴 적 우리 집 뒤 대나무밭
큰 왕대와 작은 잡대 어우러져
집을 감싸주고 있어서

여름에는 시원한 그늘 만들어주고
겨울에는 매서운 북풍 막아주었네

대나무밭 으스스한 곳에 엄지손가락 크기의
쭉 뻗은 해 묵은 대 하나 베어다
두 팔 길이로 매듭 부분 잘라
양쪽에 끈 매어 활을 만들었네

화살은 대나무를 깎아 촉을 만들어
삼나무, 깻대에 끼워 넣어 만들었지

이 장난감 같은 활과 화살로

나무 위에 새도 겨눠보고
청둥오리도 날려보고
잘 빠진 고라니 얼굴도 보았네

산 짐승 사냥이 아니라
마냥 그들을 쫓아만 다녔지

그들을 위협할 수 있는
무기를 들었다는 자신감만을 가지고
이산 저산으로 마냥 뛰어다녔지

지금 생각하면 웃음만 나오지만
나름 재미를 느꼈던 활쏘기 추억

숨바꼭질

이웃집 또래 아이들 모아
술래 정해놓고
술래 기둥 정해놓고

숨을 기회 주기 위해
숫자 20까지 세기 또는
꼭꼭 숨어라 머리카락 보일라 10회

그동안 아이들 꼭꼭 숨어
숨죽이고 있을 때
찾아 나선 술래
반대쪽으로 이동할 때

이 기회 놓칠세라
술래 기둥 터치하면 살고

숨어 있는 아이 발견하면
들킨 아이 눈 깜박이며
그냥 지나가 달라
몸짓 애원을 해 봐주기도 하고

잡았다고 이름 외치면서
술래 기둥 터치하면
들킨 아이 술래 되네

술래가 안 되려고 애를 쓰던
숨바꼭질 놀이
생각보다 재미났었네

닭싸움 놀이

마을 뒷동산은
동네 아이들의 놀이터

편 갈라 닭싸움 놀이
자주 했었네

한 발을 올려 양손으로 잡고
상대와 부딪쳐 승부를 내는 놀이

기술도 필요하고
다리 힘도 필요하지만
전략도 필요한 놀이

지금도 간간이 학생들
닭싸움 놀이 하지만

어릴 때 닭싸움 놀이
참 재미있었네

지면 아쉬움이 남고
이기면 흥이 나던 닭싸움 놀이

구슬치기

지금이야 시멘트 마당이지만
나 어릴 때는 흙 마당이었네

마당에 구멍 파서
구슬 홈 만들어 구슬치기했네

손가락 힘의 정교한 기술
땅바닥에 굴려서 맞추는 기술
사뭇 긴장되는 순간이었네

놀이에 져서 구슬을 잃으면
너무나 속이 상했지

구슬 많이 따서 되팔기도 하고
모아 논 구슬 자랑삼아
유리그릇에 담아 놓기도 하였네

지금도 시골 흙 마당을 만나면
생각나는 구슬치기 놀이

굴렁쇠 놀이

장구에서 나오는 굴렁쇠나
자전거 바퀴에서 나오는 굴렁쇠

아버지가 철사로 만들어준
굴렁쇠 채로 굴리며
마을 여기저기
퍽도 뛰어다녔지

굴렁쇠 채로 굴리면
찌익! 찌익!
나는 그 소리 좋았고

굴렁쇠 밀고 가다 흥에 젖으면
굴렁쇠를 굴리는 건지
굴렁쇠를 따라가는 건지
구분하기 힘들었어라

하루 종일 뛰어다녀도
지칠 줄 몰랐던 굴렁쇠 굴리기

지금은 민속놀이 체험장에서나
할 수 있는 굴렁쇠 놀이

팽이치기

추운 겨울 얼음 위에서 하는
팽이치기 놀이

팽이채는 떨어진 헌 옷 가위로 잘라
막대기에 까만 고무줄로
꽁꽁 감아서 만들고

팽이는 아버지가 나무 베어다
낫으로 정성스레 깎아 주셨네

깎아진 팽이 끝에
구슬을 박거나 못을 박고
시멘트나 돌바닥에 갈아
쇠구슬처럼 만들었지

다 만들어진 팽이 손으로 돌려

팽이채로 살살 살려 잘 돈다 싶으면
이젠 맘 놓고 팽이채로
딱! 딱! 소리도 경쾌하게 쳤네

모양을 내기 위해
팽이 위에 크레용으로 색칠해 돌리면
색이 버무려지면서
참 환상적인 작품이 되었지

팔 아픈 줄도 모르고
해 떨어지는 줄도 모르고
팽이를 치던 어린 시절

스케이트 타기

얼음이 꽁꽁 얼어붙은 들녘의 논
아이들 스케이트 타기에 정신없었네

지금 같은 좋은 스케이트가 아니라
버려진 판자에
반듯한 나무토막 2개 덧대고
못 박아 앉은 자리 만들고

나무토막 밑으로 굵은 철사 대고
못을 박아 고정하면
스케이트가 완성되었네

스케이트를 젓는 채는
손잡이로 적당한 나무에
못을 송곳처럼 박아 사용하였네

척! 드르르! 척! 드르르!
잘도 미끄러져 달리던 스케이트
이렇게 잘 타는 아이들 보면
참 부러웠네

어린 시절 언 논에서 타던 스케이트
추위도 잊은 채 참 신이 났었네

자치기

동네 아이들 편 갈라
자치기 놀이 하였네

35~40㎝ 길이 정도의 긴 막대 채와
15㎝ 길이 정도의 짧은 막대를 준비하고
큰 마당이 있는 집이나
넓은 공터를 찾아
땅을 파서 짧은 막대를
반쯤 비스듬히 누이고

수비팀과 공격팀을 정하여
배치한 다음
공격팀에서부터 차례로
자치기하는데

긴 막대 채로 반쯤 올라온

짧은 막대 끝의 머리를 쳐서
순간 튕겨 오른 짧은 막대를
긴 막대로 쳐서 멀리 보내면
점수를 얻어 이기는 게임이네

수비는 야구 게임처럼 날아오는
짧은 자를 잡으면 아웃으로
바로 수비와 공격팀이 바뀌는 게임이네

수비는 설치된 자리로부터
5발 이상 벗어나야 하며
때려서 날아간 짧은 막대가
다섯 발 안에 떨어지면 아웃!

날아간 자는 떨어진 곳을 기점으로
짧은 막대로 재어 개수를 계산하여

많이 난 팀이 이기는 게임이네

순탄하게 게임이 진행되면
팀 전원의 점수를 합산하고
수비와 공격팀을 번갈아 가며
게임을 이어 간다네

제3부

쌀밥의 추억

쌀밥 먹기 힘들었던
초등학교 시절

어머니는 아버지 주실 양으로
보리밥에 쌀 한 줌 넣어
밥을 지으셨네

쌀밥은 아버지 밥
나머지 보리밥은 식구들 밥

쌀밥의 구수한 냄새에
모두 군침이 돌고

쌀밥을 먹고 싶어
우리는 아버지 밥만 쳐다보았네

결국은 아버지 그 밥
다 못 드시고 남겼지

좋아라, 동생들과 눈치 없이
나눠 먹었던 꿀맛 같은 쌀밥

아버지의 사랑이 숨겨있었던
어린 시절 쌀밥의 추억

불 깡통 돌리기

정월 대보름이 다가오면
아이들은 불 깡통을 돌렸네

깡통을 못이나 송곳으로
구멍 뻥뻥 낸 뒤
철사로 끈을 단단히 매어
불 깡통을 만들었지

숯이나 장작개비 잘게 잘라
바구니에 담아 들고 들로 나가
불 깡통에 나무 쑤셔 넣고
성냥으로 불을 지펴

불 붙어 타오르면 오른손으로
철사 끈을 잡고 휙! 휙! 돌렸네
불붙은 나무며 숯이 쉭쉭거리며

벌겋게 타올랐지

그때는 논두렁 밭두렁 태우기
허용되던 시절
이글거리는 불 깡통의 불로
여기저기 태우고 다녔지

대보름달 커다랗게 떠올라
환하게 비춘 밤
동네 아이들 불 깡통 돌리며 모여드니
불덩이들이 하늘에 원을 그렸지

쉭! 쉭! 쉭! 빨간 불이 그리는
경쾌한 불 깡통 돌림 소리
더욱 흥이 나고 즐거웠던
정월 대보름 불 깡통 놀이

소 키우기

중학교 시절 우리 집은
소를 여러 마리 사육하였네

예쁜 송아지를 사 오면
외양간에 잘 묶어두고
잠자리 포근하라고
짚 다발 풀어 넣어주고
소여물 맛있게 쒀서 주었네

풀이 날 때는 풀을 베어다
작두에 잘게 썰어 쌓아 놓고
겨울에는 짚을 작두에 잘게 잘라
쌓아 두고 여물로 먹었네

여물에는 부엌에서 설거지한 물을
구정물통에 받아 놓았다가

여물 안칠 때 양동이로 퍼 넣었고
쌀 방아 찧을 때 나오는 쌀겨를
큰 통에 보관해 놓았다가
여물에 한 바가지씩 넣었네

겨울에는 무를 잘게 썰어
여물에 넣기도 하고
고구마 순·줄기
무 잎사귀 등 시골에서 나는 곡식은
다 여물에 넣어서 끓였네

잘 끓여진 여물은
하루 세끼나 네 번에 걸쳐 주었지
더운 여름에는 물을 물통에 담아
따로 먹이기도 하였지

소의 분비물이 쌓이면
소를 마당에 매어 놓고
쇠스랑, 포크 등 농기구로 청소를 해주고
새로 짚을 풀어 넣어 주었지

소의 분비물은 한 해 썩히면
훌륭한 퇴비가 되었네

소가 여물을 먹고 무럭무럭 자라서
송아지 태를 벗으면
산에 가서 코뚜레 만들 나무 베어다
낫으로 깨끗이 다듬어서
코뚜레 만들어 걸어 놓았다가

소를 나무 기둥에 단단히 묶어놓고
날카롭게 깎은 나무토막으로 코를 뚫어

소의 코에 코뚜레를 끼워
튼튼한 끈으로 단단히 고정시키고
긴 줄을 달아 묶어 소를 통제하였네

코 뚫은 소는 저수지 둑에 매어 놓고
풀도 뜯어 먹이고 바람도 쐬어주었지
더운 여름이면 저수지 속으로 데려가
목욕도 시켜주었네

학교에 갔다 오면
꼴망태를 메고 들로 나가
어두워질 때까지 풀을 베어 왔네

이렇게 정 들여 키운 소
중소가 되면 시골장에 팔고
다시 송아지를 사 왔지

비가 오나 바람이 부나
들에 나가 풀을 베어 와야 했던
하루하루가 고달픈 시절이었네

소에게 온갖 정성을 다 들여
사육하던 나의 소년 시절
소와의 힘든 추억 지울 수가 없네

보릿고개

어린 시절 보릿고개
참으로 어렵게 살았네
모두가 살기 위한 몸부림이었고
고통의 나날이었네

멀건 죽이라도 배불리
먹어보는 것이 원이었고
마음껏 공부해 보는 것도 원이었네

학창시절 공부는 뒷전이고
농사일이며 집안일 거드는 것이
우선인 시절
중학교 진학도 어려워
포기하는 이가 많았네

누구나 생활에 쪼들리던 삶이었기에

악착같이 일해야만 했네

넉넉하지 못한 경제난에
하고픈 것에 대한 제약이 따르고
아예 생각도 못 했다네

한 끼를 먹는 것도
어머니의 고충이 컸던 시절

밀가루죽에 묵은김치 넣어 양을 늘리고
고구마로 죽이나 밥을 짓고
무를 잘게 썰어 무밥을 짓고
밭에 나는 잡곡 등을 다 넣어
죽으로 만들어 먹던 시절

어려웠던 보릿고개 시절

넘어보고 나니 이 또한 추억이어라

지금 세대들은 옛날이야기로만
치부恥部해버리는 고개지만
지금도 가끔 내 삶에
경각심을 심어주는 보릿고개

학창 시절

꿈 많은 초등학교 시절
뭐든 잘 할 수 있다는
부푼 꿈을 가졌던 시절
학문의 의미도
친구라는 의미도 모르고
남 따라 다니던 시절

바쁘기만 했던 중학교 시절
먼 학교길 힘이 들었네
공부는 뒷전이고 농사일
거들어 주기도 벅찼던 시절
학비 만들어 학교 다니는 것만으로도
천만다행이던 시절

긴장 속에 지냈던 고등학교 시절
자신 없는 진학과 사회출세를 꿈꾸던 시절

기초가 부실했던 교과공부
나름 열심히 하였지만
성과 없이 힘들기만 하던 시절

남들이야 학창시절 재미나는
추억도 많으련만
내 학창 시절은 어려운 생활에
나름 열심히만 살았던 기억뿐이네
그래도 가끔은 생각나는
학창 시절의 옛 친구들

보리밥 추억

무쇠라도 녹일 듯
식욕이 왕성하던 고등학교 시절

십 리 길 걸어 집에 도착하면
배고픈 배 움켜쥐고
먹을 것 찾아 부엌으로 뛰어들었지

천정에 대롱대롱 걸려있는
보리밥 바구니 잽싸게 챙겨
찬장 문 열어 마땅한 반찬
찾다가 없으면

보리밥 그릇에 시원한 찬물 붓고
장단지에 장 한 숟갈 넣어
씹는 둥, 마는 둥 후루룩!

목구멍으로 들어 삼키면
시장이 반찬이런가

고급 요리 부럽지 않던
어머니 손맛인 장맛에 어우러진
환상적인 맛

허기를 달래던 시절
잊지 못할 보리밥 추억

헌 교과서 물려받기

나는 학창시절 내내
헌 교과서 물려받기를 했네
동네 선배에게
선배 친구에게

그때는 책의 소중함도 모르고
헌 교과서가 지겨웠네

한 권이라도 교과 내용이 바뀌어
새 책을 지급받으면
그리도 좋아했던 철없던 시절

지금 와서 생각해 보면
헌 교과서라고 짜증 내고
공부에 소홀할 게 아니라

한 번이라도 더 읽어보고
책에 사랑 듬뿍 주어
좋은 성적 올리고 실력증진에
매진했어야 했네

헌 교과서 탓만 하던
어리석은 시절이었지만

오늘의 나를 있게 해준
물려받은 헌 교과서들
고서로 고이 간직해 두었네

모내기

예전에 모내기 작업은
직접 사람 손으로 했지

집 마당에 만들어 놓은
퇴비를 지게 발채에 담아
논두렁 타고 논 곳곳에 부려서
골고루 흩뿌린 다음

소 쟁기로 논 갈아
저수지물 내려 담거나
두레로 물 품어 담아 놓고
논두렁을 삽으로 깎아서
물 새지 않게 논두렁 붙이고

갈아 놓은 땅이 물을 만나
논흙이 흐물흐물해지면

소를 이용한 써레질로

논 땅 골고루 짓이겨 고르고

그래도 덜 골라진 땅은

쇠스랑으로 골랐지

모심기 전 비료를 소쿠리에 담아

골고루 뿌려주고

모심을 일꾼들 동원하여

모판에 모종 뽑아 지푸라기로 다발 묶어

지게 발채에 담아 논 곳곳에 던져놓았지

못줄 양쪽에 말뚝 묶어

길게 늘어뜨린 후

논에 던져진 모 다발 풀어

못줄의 빨간 눈금에 맞춰 심었지

모를 한 움큼 쥐고 손으로

조금씩 나눠 심었지

못줄잡이가 양쪽으로 있었으며
큰 논의 경우 중앙에 한 명 더 있어서
세 명이 못줄잡이를 하였지

못줄잡이는 모를 다 심었다 싶으면
못줄을 옮겨 주는 담당을 했었지
줄을 옮길 때면 반말로
"어이 줄!" 하고 큰 소리로 외쳤지
못줄잡이 말에 이날은 젊었더라도
반말에 이의 달지 못했지

모 심으며 흥겨운 노래도 부르고
춤도 추고 세상 이야기도 했지

모심는 중간에 새참 먹을 시간
막걸리며 푸짐한 먹을거리로
잠시 쉬는 시간도 가졌지

드디어 기다려진 점심시간
맛있는 시골 반찬에
들녘에서 먹는 꿀맛 같은 밥
배불리 먹어보는 시간이었네

그때 같이했던 어르신들 고인이 되었지만
그 모습과 목소리 기억에 선명하고
힘든 때였지만 참 행복했던 시간이었네

지금이야 농기계가 모를 다 심어주지만
그때 함께 어울려 서로를 도와주며
내 일 같이 해주던 인심 참 그립네

철로길 추억

멀리서 빠아앙!
열차列車의 기적소리 울리면
이어 달그락! 달그락!
레일을 타고 달려오는 열차 소리

침목 딛고 걷던 발걸음 옮겨
열차길 갓길에 서서 기다렸다가
열차가 보이면 기적소리에
놀란 가슴 기억하며 귀를 막았네

거센 바람 일으키며
무서운 힘으로 달려오는 철마를 보내고
다시 우르르 올라서는 까만 무리들
열차 길을 가득 메웠네

매일 아침 등교 시간이면

교복 입은 학생들 떼 지어 걸으니
멋있는 장관을 연출할 수 있었네

십리 길의 철로 길을 따라
아침과 저녁으로 6년 동안
걸어 다녔던 중고등학교 시절
철로 길 침목을 무던히도 밟고 다녔네

비가 오면 오는 비 다 맞고
눈이 오면 내리는 눈 다 맞고
아지랑이 피어나는 뜨거운 여름
숨이 콱콱 막히는 철로 길을 걸었네

학교 교실에 들어서면
아침부터 땀 냄새 진동하고
오전 1교시가 끝나면

피곤함과 배고픔이 밀려오면서
점심시간이 그리도 기다려졌네

수업이 끝나고 무거운 책가방 손에 들고
다시 철로 길로 접어들어
동행하던 이들과 도란도란 이야기 주고받던 시절
지금은 기억 속에 가물거리는 그리운 얼굴들

그 당시엔 치안도 어수선하여
하굣길에 불량배들 만나 칼로 위협도 당하고
소지품 검사도 받아본 적 있었네

때로는 열차사고로 숨진 시체를 보고
몇 날 며칠 두려움에 떨기도 하였네

고3 시절 칠흑 같은 밤

철로 길을 걸으며
미래를 위해 참아야 한다고
나 자신을 무척이나 위로해보기도 했네

눈을 감고도 걸을 수 있었던
철로 길의 침목들

철로의 침목 위를 걸으면서도
영어단어장이며 시험대비 쪽지메모를
열심히도 외웠던 학창시절

지금은 전철화되어
통제된 철로 길이 되었지만
아직도 꿈속에서 걷기도 하는 철로 길

폭력교사

퍽! 갑자기 하늘에서 별들이
불똥처럼 날아다니고
정신이 혼미해진 상태
이어 머리가 아파오고
눈물이 주르륵

나이든 교사의 손에
대나무 막대 들려있고
애들은 이리저리 닭들 쫓기듯
두! 두! 두! 두!
몰려다니며 소리 지르고
여기서 퍽! 저기서 퍽!
어깨며, 등이며, 머리며
닥치는 대로 맞았네

때는 초등학교 4학년

교실 청소시간
어린 학생들 청소에 소홀하다고
대나무 막대 휘두르는 교사
그때 어린 내 눈에 선생님은
도깨비처럼 무섭기만 했네

지금 생각해 보면
막무가내 폭력교사였네
어린 마음에 얼마나 충격을 받았으면
지금도 두려움으로 생생할까

지금이야 이런 폭력 할 수도 없지만
절대 하지 말아야 할
무차별 학생 폭력 체벌
이런 교사 없어야 할
폭력 체벌 교사

합격통지서

어느 날 나이 드신 할머니
우리 집에 사주 보러 오셨네

그때는 내가 직장 취직시험을
치른 터라 결과가 궁금하였지

어머니 광에서 쌀 한 뇌 퍼 오시고
내 생년월일 넣으니
사주 풀이가 시작되었네

사주보다 우선 궁금한 게
시험합격여부여서 여쭤보았지

할머니 대뜸 합격이라 말씀하셨네

점괘가 맞았는지 우연인지
보름 후 합격통지서 받았네

우체부郵遞夫 아저씨도
낌새를 알았던지
좋은 소식 같다 했지

합격통지서 받은 날
어머니도 기뻐하셨네

지금도 잊지 못할
사주 할머니, 배달부 아저씨

가야 저수지

우리 집 바로 뒤에 있는 저수지
나 어릴 때부터 함께 한 저수지

어등산 정기 따라
어등의 물 받아내고
이 물로 우리 동네
대대로 농사지었지

1960년대 지독한 가뭄으로
저수지 바닥 드러나
수십여 년간 제 수명 다하던
붕어며 장어, 가물치 등이
전멸하는 수난을 받았네

어릴 때 멱 감던
유일한 물놀이 공간

그러나 이 저수지에서
목숨을 잃은 이도 여럿이어서
지금은 물놀이 금지구역 되었네

우리 동네 위엄을 드러내는
산 역사 가야 저수지

어등산과 더불어
어등산에 힘을 주는
영원히 함께할 저수지

나의 어릴 적 꿈이 담겨있고
추억이 담겨있는 저수지

장작불 추억

살을 에는 추위 속에서
언 손 호호 불며
온돌방 아궁이에 불을 지핀다

자장개비(삭정이)에
불씨 피어오를 때
마른 장작 이리저리 올려놓으니
불길 서서히 차고 올라
벌겋게 타오르고

사방으로 열을 발산하여
뜨거운 불길 차오르다가
넣어 놓은 장작 제 몸 불태우며
빨간 불길로 주변의 공기
따스함으로 채워주는 장작불

불씨 앞에 앉으면
밖의 추운 바람도 의식하지 못한 채
안락한 상념想念으로 빠져든다

아궁이 속 장작불 덕분에
따듯한 온돌방에서
행복한 잠을 자던 장작불 추억

제4부

두레박 우물

나 어릴 적 먹을 물은
마을 공동우물 샘에서 길러 왔네

이른 새벽 일어나서 가야
맑은 물을 퍼 올릴 수 있었네

늦게 가면 바닥 물에 흙탕물
물 항아리에 담아놓고
흙물이 가라앉으면 사용했지

여자는 물동이를
똬리 해서 머리에 이고
남자는 양쪽에 물동이를 매단
물지게를 사용했네

출렁! 출렁! 리듬과 균형에 맞춰
잘 걸어야 했네

정기적으로 우물 청소 울력도 하고
정월 대보름이면 굿도 쳤지

우물물 길어다 먹었던
두레박 우물의 추억

빨래터 우물

어릴 적 마을 앞
빨래만 하던 우물 있었네

딱! 딱! 똑! 똑!
울려 퍼지던 빨랫방망이 소리

시끌벅적 빨래하던 사람들의 소리
멀리서도 그 소리 뚜렷하게 들렸네

동네 사람들 빨래하러 모여들던
빨래터 공동우물

수질이 안 좋아 식수로 꺼려했던
깊지 않지만 물이 많이 났던 빨래터 우물

한여름 늦은 밤에는
몰래 목욕도 즐기던 우물

지금은 없어졌지만 동네 빨래를
다 소화해 냈던 빨래터 우물

벼 베기

누렇게 익어가는 황금벌판
물꼬 내어 말려 놓고

묵직한 무쇠 낫 있는 대로 챙겨
숫돌에 물 축여 갈았네

지게 발채에 낫과 숫돌 담아지고
서둘러 논으로 나가면

일꾼들 미리 나와 벼 베기 시작했네
싹둑! 싹둑! 소리도 경쾌하였네

두세 포기씩 싸잡아 움켜쥐고
팔목에 힘주어 당겼네

땀 흘려 일하다 보면 어느새 새참 때

논두렁 타고 술과 음식이 나오고
허리도 쉴 겸 잠시 휴식 시간

일꾼들은 쉬지만 주인은 숫돌에
낫을 갈아 놓아야 했네

벤 벼는 조금씩 무더기를 만들어
줄지어 보기 좋게 놓아야 하고

며칠에 걸쳐 벼가 마르면
다시 낫으로 뒤집어 더 말리고

다 말랐다 싶으면 볏단으로 묶어 10단씩
논두렁에 볏가리를 쌓았지

볏단은 지게로 날라다

달구지가 다닐 수 있는 도로에 내어

소달구지나 손수레를 이용해
집으로 옮기거나
그냥 논에서 탈곡하였지

지금이야 콤바인으로 탈곡하지만
나의 어린 시절에는
모든 게 손으로 이루어졌다네

디딜방아

초등학교 저학년 무렵
우리 집 허청에 디딜방아 있었네

커다랗게 생긴 몸통은 괴물 같고
머리부문에 긴 코 달려있으며
코끝은 둥그렇게 되어있었지

코가 닿아 곡식을 찧도록 한 부분에도
오목한 절구통이 바닥에 묻혀 있었네

몸통 중간에는 굄대가 있어
중심을 잡아주고
다리부분에는 사람 다리처럼
양쪽으로 디딤자리 있었네

디딤자리는 두 사람 이상이 밟았고

경우에 따라서는 네 사람
그 이상이 밟기도 하였네

디딤자세 흐트러지지 않게 하려고
위 천정에 끈을 매달아서
그 끈을 잡고 디딤발판을 밟으면
훨씬 안정적인 자세가 되었다네

밟을 때는 여러 사람이 힘을 모으기 위해
영차! 영차! 다 같이 구령도 붙였네

머리부분에는 말고삐처럼
긴 밧줄이 묶어있어
필요할 때는 밧줄을 잡아당겨 머리 부분이
내려가지 않도록 제동역할을 하였네

디딜방아 높이 밟다 순간 놓아버리면
쿵! 소리와 함께 주변 땅도 울렸고
아이들은 위험하다고
한사코 접근을 막았지

호기심에 자꾸만 들여다보고
만져보았던 코가 긴 디딜방아

요강

자다 말고 쏴아! 소리에
눈이 번쩍 뜨이고

요강에서 나는 소리구나 하고
다시 잠이 들었다

겨울 시골집 화장실 가기가 불편하여
방 윗목 한쪽에 요강을 놓아두고
식구대로 오줌을 누었던
화장실 대용의 요강

지금이야 상상하기
어려운 시절의 이야기

시골 온돌방에서
한 이불에 온 식구들이 다 같이

잠 자던 때의 이야기

추운 겨울밤
방 윗목에 놓아진 요강
방의 간이 화장실 구실을 하던 요강

자연치유

학창시절 허벅지가 가렵더니
붉은 점이 생겨 점점 커지고

마침내는 피고름이 들었으나
어찌할 방법 없어 그대로 두었지

종기 끝부분까지 고름이 차올라
자연스럽게 터지면

양손으로 움켜 눌러 고름을 빼내
자연치유하던 시절

부스럼도 자연치유
이가 아파도 자연치유
감기도 자연치유
배탈이 나도 자연치유

돈이 없어 병원을 몰랐던
자연치유의 시절

한방의 단방약 치유도 있었으련만
무지와 가난으로

자연치유에만 의지했던
어려운 시절의 질병치유였네

산림녹화사업

어릴 적 마을 뒤 어등산
나무 없는 민둥산이었지
6.25 전란 중 포화로
폐허가 된 벌거숭이 산

산림조성사업 맡으신 아버지 따라
그 현장 생생하게 보았네
많은 인부 동원하여
오리나무 소나무 등 많이도 심었지

불발탄을 호기심에 들고 다니던 일꾼
이를 보고 무서워 도망 다니던 일꾼
모두가 한바탕 웃고 나서
불발탄 조심스레 내려놓고
다시 나무를 심었지

산림녹화사업 기간 중이라
입산 금지되던 시절
산에서 땔나무 가져다
난방도 하고 음식도 만들어야 해서

산림감독원인 아버지와
나무꾼의 숨바꼭질
안타깝고 불안스럽기만 하던
산림보호 그 시절

지금은 울창해진 그 산 바라보면
모두가 어려웠고 힘들었던
그 시절이 생각나네

운동화

중학교 가면서부터 신었던 운동화
등교할 때 오직 운동화 착용만
허용되던 학창시절

지금처럼 튼튼한 운동화가 아니라서
반년 넘기기가 힘들어
학교 갈 때만 조심스럽게 신었네

주말이면 소중한 운동화 빨아 말려서
떨어진 곳 바늘로 꿰매고
접착제로 붙여 신으며
운동화 사랑 지극정성이었네

주말에 손봤던 운동화 신고 등교하니
기분이 상쾌하여 발걸음도 가벼웠어라

부모님의 땀이 들어간 만큼
더욱 값어치가 있었던 운동화
지금이야 흔하지만
그때는 귀한 운동화였다네

교련수업

고등학교 시절 교련시간
이 시간이 되면 모두
교련복으로 갈아입었지

수업 시작부터 복장검사에
군기잡기 복창훈련과 제식훈련制式訓鍊

교과 주요내용으로 도식훈련 집총체조
총검술 총기분해 등이 있었지

체력단련을 위해 봄가을 소풍은
교련복 차림에 원거리 행진

교련복 입고 나서면
나도 군인이 된 기분이었지

때로는 짜증도 났지만
애국을 위해서는 좋은 시간이었고
정신무장 시간이기도 했네

초가지붕 엮기

난 중학교 시절까지
초가지붕에서 살았네

초가지붕을 유지하기 위해서는
매년 또는 격년으로 지붕을 손봐야 하지

추수한 짚단으로 지붕을 엮으려면
상태가 좋은 짚단에 물을 축여
나무 메로 쳐서 부드럽게 만들어
이 짚으로 새끼를 몇 타래 꼬아놓아야 하지

용마름 엮기에 사용할 밧줄은
새끼줄을 3겹이나 4겹으로 꼬아서
양쪽으로 고정하기 위해 용마름 길이보다
두 배 정도 여유 있게 만들어 놓아야 하네

새끼밧줄은 손 기구를 사용하여
새끼를 뒤틀어서 꼬아 만들지

지붕을 덮을 이엉은 짚단을 하나씩 풀어
차분하게 한 주먹씩 가지런하게 엮어
한 다발이 되는 길이가 되면
짚으로 묶어 마당에 무더기로 세워 놓았으니
이를 마름이라 불렀네

지붕 꼭대기에 덮을 용마름은
준비한 용마름 새끼밧줄을 기둥에 묶어놓고
짚을 한 줌씩 엮어 만들지

지붕 이을 준비가 다 되면
사다리를 지붕에 기대놓고
지붕에 올라 썩은 부분 이엉 걷어내고

사다리 중간에 힘 좋은 사람이 위치해
마름을 밑에서 주면 중간사람이
불끈 들어 지붕으로 올리고
지붕에 대기한 일꾼들이 받아
지붕 꼭대기에 쌓아 놓았네

마지막으로 용마름이 올라가면
말려진 마름을 펴서 차근차근
돌려가며 지붕을 덮었지

지붕 끝부분에 고정할 대나무를
충분히 준비하고
처마부분에 대나무를 고정할 대바늘을
대나무 깎아 끝이 뾰족하게 만들어

대바늘 윗부분에 노끈을 달아

새끼를 고정하여 바느질하듯
처마 지붕을 꿰어 대나무를 대고 묶은 다음
처마 끝은 잘 드는 낫으로
단정하고 예쁘게 잘랐지

이엉을 다 깔고 용마름이 덮이면
대나무 장대를 준비하여 지붕 위
지푸라기를 쓸어내려 청소하였지
지붕 위 청소가 끝나면
새끼줄로 이리저리 얽어 고정하였네

지금은 옛 유물이 되어
관광지에서나 볼 수 있는 초가지붕

구들방

산에서 땔나무해다가
음식 해 먹고 난방하던 시절
부엌에 주물 솥 걸어 놓고
아궁이 만들어 불을 지폈네

한 방에 두 개의 솥 걸어놓고
하나는 밥솥 하나는 국솥으로 사용하였지

불을 많이 지피다 보면 탄 재가
연기와 같이 구들장 밑으로 말려 들어가
이것이 시간을 두고 쌓이다가
굴뚝으로 나갈 연기 통로를 막으면

불이 들이지 않아
불을 지피는 사람은 연기에
눈물 콧물 흘리며 곤혹스러웠고

방이 따습지 않아 추운 겨울을 나야 했지

구들장 밑으로 쌓여있는 고랫재를
제거하기 위해선
먼저 논에 진흙을 퍼 와야 하고
방에 물품들을 치운 다음

장판을 걷어내고 방바닥에 물을 뿌려
먼지가 나지 않도록 한 다음
호미로 방바닥 흙을 조심스럽게
긁어 파서 삼태기에 담아 마당에 모아놓고

위에 흙을 제거하여 구들장이 드러나면
구들장을 조심스럽게 들어 바로 옆에 놓아두고
고랫재를 삼태기에 담아
마당 한구석에 놓아두었다가 밭에 버렸지

고랫재가 다 제거되면
구들장을 다시 놓아 덮고
논에서 퍼 온 진흙 물로 반죽하여
구들장 틈새기 발라 놓고

아궁이에서 연기가 많이 나는 땔감을 지펴
구들장 사이로 연기 나는 곳을
다시 논흙으로 물을 축여 바른 다음

마당으로 퍼내었던 흙을 삼태기에 다시 담아
방으로 옮겨 각목 같은 것으로
수평을 잡아 고른 다음

볏짚을 작두로 소여물처럼 잘게 잘라
논흙에 넣어 물을 붓고 반죽하여
방바닥을 미장한 다음

불을 지펴 서서히 말리고
흙이 마르면 장판을 깔았지

옛날 비닐장판이 귀하던 시절에는
밀가루 포대 종이를 방바닥에
겹겹이 바르고 말린 다음

들기름이나 콩기름을 발라 반질반질
윤을 내어 장판 대용으로 사용하였지

지금이야 기름보일러 가스보일러 전기패널 등
여러 가지 난방 방법이 있지만
옛날에는 거의 구들장이 있는 방이었지

온 식구가 한 이불 속에서
추운 겨울을 나던 구들방의 추억

화롯불

집 뒤 대나무 숲에 댓바람
쉉! 쉉! 소리 내어 울 때

겨울밤이 더욱 스산하게
느껴지는 작은 방에
할머니가 항상 챙기셨던 화롯불

아궁이에 장작 나뭇가지 지피고 난 후
남은 뜨거운 불씨 화로에 담아
방에 들여놓으면

추운 겨울밤의 방 공기
훈훈하게 데워주었다

동생들과 화롯불 가에 둘러앉아
할머니의 옛날이야기도 듣고

손주들을 위해 밤도 굽고
고구마도 구워주시던 할머니

밤도 먹고 고구마도 먹으며
훈훈해진 분위기 속에서

겨울의 추운 밤도 잊고
포근하게 단잠을 잤던
어린 시절 화롯불 추억

추억追憶

시간이 모든 것을
해결해 준다고 했던가

우리 인생 그리 숨 막히고
고통스러웠던 순간들도
지나고 나면
웃음거리 한숨거리로 남네

잘되었든 못되었든
성공했든 실패했든
즐거웠든 고통스러웠든
기뻤든 슬펐든

시간이 지나면 결과로 남아
삶의 추억으로
이야깃거리로 남네

언제고 다시 펼쳐볼 수 있는
추억의 역사가 되어있네

추억

©김영성 시집, 2022, Printed in Seoul, Korea

초판 1쇄 발행 | 2022년 10월 20일

지은이 | 김영성
펴낸이 | 고미숙
편   집 | 구름나무
펴낸곳 | 쏠트라인saltline

등록번호 | 제452-2016-000010호(2016년 7월 25일)
제 작 처 | 04549 서울 중구 을지로18길 46-10
            31533 충남 아산시 방축로 8, 101-502
전화번호 | 010-2642-3900
전자우편 | saltline@hanmail.net

ISBN : 979-11-92139-21-0 (03810)
값 : 10,000원